Œuvres & thèmes

Collection dirigée par Hélène Potelet et Georges Décote

Prosper Mérimée

Tamango

classiques Hatier

Texte intégral

Paris 2008
ISBN : 978-2-218-93289-2

Notes et dossier par Marigold Bobbio, certifiée de lettres classiques

Hatier

L’air du temps

Une nouvelle qui paraît en 1829

Tamango paraît en 1829 dans *La Revue de Paris* puis en 1833 dans un recueil intitulé *Mosaïque*.
Cette nouvelle, avec d’autres, témoigne du goût de l’auteur pour l’exotisme et les caractères hors du commun.

Louis-Philippe, le « roi des barricades » en 1830.

À la même époque…

1830
La révolution de juillet 1830 chasse Charles X du trône de France et instaure la royauté constitutionnelle de Louis-Philippe.

1848
Abdication de Louis-Philippe et instauration de la IIe République qui abolit l’esclavage.

Le romantisme
Victor Hugo (*Le dernier jour d’un condamné*, 1829 ; *Hernani*, 1830)
Balzac (*Les Chouans*, 1829)
Stendhal (*Le Rouge et le Noir*, 1830)
Delacroix (*La Liberté guidant le peuple*, 1830)

Sommaire

Dans le carnet de lecture, les mots suivis d'une * renvoient aux définitions clés (p. 46-47).

L'AUTEUR

Prosper Mérimée (1803-1870)

Prosper Mérimée en 1853, d'après un dessin de Rochard.

La formation

■ Prosper Mérimée est né le 28 septembre 1803 à Paris. Il y a grandi dans un milieu bourgeois qui s'intéressait à l'art. Après des études de droit, il veut écrire. En 1822, il rencontre Stendhal qui a commencé sa carrière d'écrivain en 1817. Il **fréquente les artistes** de la génération **romantique**, Eugène Delacroix, Victor Hugo et bien d'autres…

■ Les deux premières œuvres que publie Mérimée se présentent comme des mystifications et montrent son attrait pour la littérature et la culture de **pays plus ou moins lointains**. Il s'agit d'abord de six comédies attribuées à une femme de lettres espagnole, *Le Théâtre de Clara Gazul*, publié en 1825. Quelques exemplaires de l'œuvre présentent une couverture ornée du portrait de Mérimée déguisée en femme coiffée d'une mantille. Puis en 1827, il fait publier sans nom d'auteur, *La Guzla*, un recueil de poésies « recueillies dans la Dalmatie, la Bosnie, la Croatie et l'Herzégovine ».

■ Il s'intéresse également au **roman historique** et publie en 1829 un roman intitulé *Chronique du règne de Charles IX* où il reconstitue le massacre des protestants à la Saint-Barthélémy en 1572. C'est à cette époque qu'il commence à écrire et à publier dans *La Revue de Paris* les nouvelles dont le succès le rend célèbre : *Mateo Falcone*, histoire corse, *Vision de Charles XI*, aventure d'un roi de Suède, *Tamango*, évocation de la traite des Noirs, *L'Enlèvement de la redoute*, un épisode de la guerre menée par Napoléon 1er en Russie…

Un voyageur, un « défenseur du patrimoine » et un écrivain

■ Très tôt, Mérimée se sent **attiré par les voyages** et l'approche de coutumes et de caractères différents de ceux qu'il a connus durant son enfance et sa jeunesse à Paris. Il voyage en Angleterre, en Italie, en Grèce, dans les pays du Moyen-Orient et surtout en Espagne (1830, 1840, 1853, 1859) et en Corse (mais seulement en 1839). Tous ces voyages le marquent durablement. À partir de 1853, il découvre la Suisse, l'Autriche et l'Allemagne.

■ En 1830, après la révolution de juillet, Louis-Philippe devient « roi des Français ». Mérimée, dont les opinions politiques sont en accord avec le nouveau gouvernement, commence alors une **carrière de haut fonctionnaire** au service de plusieurs ministères.

■ En 1834, il est nommé **inspecteur des monuments historiques**. Pendant trente ans, il parcourt inlassablement la France, rédigeant de nombreux rapports sur l'état souvent désastreux des plus beaux monuments français. Il collabore avec l'architecte Viollet-le-Duc à la restauration de ces monuments et son travail a permis de sauvegarder bien des cathédrales et des abbayes qui font la renommée touristique de la France.

■ Il désapprouve la révolution de 1848 qui installe la IIe République. Mais, grâce à son amitié avec Eugénie de Montijo, qui a épousé en 1853 Napoléon III (devenu empereur des Français en 1852) et qu'il a connue petite fille en Espagne en 1830, il devient un **familier de la cour impériale**. Il devient alors sénateur mais refuse tout poste de ministre.

■ Parallèlement, il continue à écrire des **récits de voyage** ainsi que de nombreuses nouvelles. En 1833, le recueil *Mosaïque* regroupe les nouvelles parues en revue dont *Mateo Falcone* et *Tamango*. Il exploite la veine fantastique avec *Les Âmes du purgatoire* en 1834, *La Vénus d'Ille* en 1837, *Lokis* en 1869. La Corse lui inspire *Colomba* en 1840 et l'Espagne *Carmen* en 1845. La Russie et la littérature russe l'attirent aussi et, à partir de 1849, il traduit des œuvres de Pouchkine, Gogol et Tourgueniev.

■ Malade depuis 1868, il meurt à Cannes le 23 septembre 1870, peu après la chute du Second Empire.

Tamango : une nouvelle ?

Habituellement une nouvelle est un récit court centré autour d'un seul événement et comportant peu de personnages. Elle permet de présenter une structure dramatique resserrée et est le plus souvent construite pour mettre en valeur une fin inattendue qu'on appelle la chute. Dans *Tamango*, Mérimée dépasse le cadre de cette définition. Le récit, relativement long, est centré autour du **personnage éponyme** (qui donne son nom à la nouvelle), mais il commence par évoquer l'histoire du négrier Ledoux qui emmène le grand Noir Tamango en esclavage.

Le talent de l'auteur

■ Ce récit, l'un des premiers que Mérimée ait écrit - en 1829, il n'a que vingt-six ans - témoigne des différentes facettes du jeune auteur. Il appartient à la génération des **écrivains romantiques** et partage avec eux le **goût de l'exotisme** et de la « couleur locale » qui vise à restituer avec pittoresque l'atmosphère d'un lieu. Comme eux, il manifeste de l'attrait pour les caractères d'exception et les antagonismes marqués.

■ Cependant il ne se reconnaît pas totalement dans le courant romantique. Élevé dans l'admiration de Voltaire et des valeurs du XVIIIe siècle - raison et vérité - il veut **contrôler ses sentiments et ses réactions**. Il restitue surtout les faits avec précision et réalisme. Il emploie volontiers l'ironie qui met à distance l'expression de sa sensibilité. Sa prise de position contre la traite des Noirs et l'esclavage ne fait aucun doute : la charge contre le négrier Ledoux est féroce, mais le portrait de Tamango ne gomme pas le ridicule de ce chef de village qui se fait ravir sa compagne.

■ Mérimée saura également **faire surgir l'inquiétude du fantastique** dans des nouvelles comme *La Vénus d'Ille* ou *Lokis*. Romantisme, réalisme et fantastique, telles sont les dimensions dans lesquelles s'inscrit de façon harmonieuse l'œuvre de Mérimée.

L'ŒUVRE

Prosper Mérimée

Tamango

Tamango, illustration parue dans *Le Moniteur illustré*, le 7 juin 1885.

Le capitaine Ledoux était un bon marin. Il avait commencé par être simple matelot, puis il devint aide-timonier[1]. Au combat de Trafalgar[2], il eut la main gauche fracassée par un éclat de bois ; il fut amputé, et congédié ensuite avec de bons certificats. Le repos ne lui convenait guère, et, l'occasion de se rembarquer se présentant, il servit, en qualité de second lieutenant, à bord d'un corsaire[3]. L'argent qu'il retira de quelques prises lui permit d'acheter des livres et d'étudier la théorie de la navigation, dont il connaissait déjà parfaitement la pratique. Avec le temps, il devint capitaine d'un lougre[4] corsaire de trois canons et de soixante hommes d'équipage, et les caboteurs[5] de Jersey[6] conservent encore le souvenir de ses exploits. La paix[7] le désola : il avait amassé pendant la guerre une petite fortune, qu'il espérait augmenter aux dépens des Anglais. Force lui fut d'offrir ses services à de pacifiques négociants ; et, comme il était connu pour un homme de résolution et d'expérience, on lui confia facilement un navire. Quand la traite des Nègres[8] fut défendue, et que, pour s'y livrer, il fallut non seulement tromper la vigilance[9] des douaniers français, ce qui n'était pas très difficile, mais encore, et c'était le plus hasardeux, échapper aux croiseurs[10] anglais, le capitaine Ledoux devint un homme précieux pour les trafiquants de bois d'ébène[*].

1. Marin qui s'occupe de la direction d'un navire.
2. Cap d'Espagne au nord-ouest de Gibraltar. Victoire de la flotte anglaise commandée par l'amiral Nelson sur la flotte franco-espagnole en 1805.
3. Navire armé par un particulier, avec l'autorisation du gouvernement, pour attaquer des navires d'autres pays. Pendant le Premier Empire, la France est en guerre contre l'Angleterre.
4. Navire fin à l'avant, renflé à l'arrière.
5. Bateaux qui naviguent près des côtes.
6. Île anglo-normande.
7. En 1815, après la chute de Napoléon.
8. Voir « Se documenter », p. 41.
9. Surveillance attentive.
10. Navires de guerre rapides.

* Nom que se donnent eux-mêmes les gens qui font la traite.

Bien différent de la plupart des marins qui ont langui[11] longtemps comme lui dans les postes subalternes[12], il n'avait point cette horreur profonde des innovations, et cet esprit de routine qu'ils apportent trop souvent dans les grades supérieurs. Le capitaine Ledoux, au contraire, avait été le premier à recommander à son armateur l'usage des caisses en fer, destinées à contenir et conserver l'eau. À son bord, les menottes et les chaînes, dont les bâtiments négriers ont provision, étaient fabriquées d'après un système nouveau, et soigneusement vernies pour les préserver de la rouille. Mais ce qui lui fit le plus d'honneur parmi les marchands d'esclaves, ce fut la construction, qu'il dirigea lui-même, d'un brick[13] destiné à la traite, fin voilier, étroit, long comme un bâtiment de guerre, et cependant capable de contenir un très grand nombre de Noirs. Il le nomma *L'Espérance*. Il voulut que les entreponts[14], étroits et rentrés, n'eussent que trois pieds quatre pouces[15] de haut, prétendant que cette dimension permettait aux esclaves de taille raisonnable d'être commodément assis ; et quel besoin ont-ils de se lever ?

« Arrivés aux colonies, disait Ledoux, ils ne resteront que trop sur leurs pieds ! »

Les Noirs, le dos appuyé aux bordages[16] du navire, et disposés sur deux lignes parallèles, laissaient entre leurs pieds un espace vide, qui, dans tous les autres négriers, ne sert qu'à la circulation. Ledoux imagina de placer dans cet intervalle d'autres Nègres, couchés perpendiculairement aux premiers. De la sorte, son navire contenait une dizaine de Nègres de plus qu'un autre du même tonnage. À la rigueur, on aurait pu en placer davantage ; mais il faut avoir de l'humanité, et laisser à un Nègre au moins cinq

11. Sont restés dans l'attente.
12. De rang inférieur.
13. Navire de petit tonnage, à deux mâts et à voiles carrées.
14. Espaces compris entre deux ponts, deux étages d'un navire.
15. Environ 1 m (un pied : environ 30 cm, un pouce : environ 2,5 cm).
16. Planches épaisses recouvrant la membrure d'un navire et formant ses parois.

pieds en longueur et deux en largeur pour s'ébattre pendant une traversée de six semaines et plus : « Car enfin, disait Ledoux à son armateur[17] pour justifier cette mesure libérale[18], les Nègres, après tout, sont des hommes comme les Blancs. »

L'Espérance partit de Nantes un vendredi[19], comme le remarquèrent depuis des gens superstitieux. Les inspecteurs, qui visitèrent scrupuleusement le brick ne découvrirent pas six grandes caisses remplies de chaînes, de menottes, et de ces fers que l'on nomme, je ne sais pourquoi, *barres de justice*[20]. Ils ne furent point étonnés non plus de l'énorme provision d'eau que devait porter *L'Espérance*, qui, d'après ses papiers, n'allait qu'au Sénégal[21] pour y faire le commerce de bois et d'ivoire. La traversée n'est pas longue, il est vrai, mais enfin le trop de précautions ne peut nuire. Si l'on était surpris par un calme[22], que deviendrait-on sans eau ?

L'Espérance partit donc un vendredi, bien gréée[23] et bien équipée de tout. Ledoux aurait voulu peut-être des mâts un peu plus solides ; cependant tant qu'il commanda le bâtiment, il n'eut point à s'en plaindre. Sa traversée fut heureuse et rapide jusqu'à la côte d'Afrique. Il mouilla[24] dans la rivière de Joale[25] (je crois) dans un moment où les croiseurs anglais ne surveillaient point cette partie de la côte. Des courtiers[26] du pays vinrent aussitôt à bord. Le moment était on ne peut plus favorable ; Tamango, guerrier fameux et vendeur d'hommes, venait de conduire à la côte une grande quantité d'esclaves ; et il s'en défaisait à bon marché, en homme qui se sent la force et les moyens

17. Personne qui finance l'équipement d'un navire.
18. Généreuse.
19. Le vendredi porte malheur, et surtout le vendredi 13.
20. Barres de fer fixées à la paroi du navire, auxquelles étaient attachés les marins punis, d'où le nom de barres de justice. Ici, ce sont les esclaves qui y sont attachés.
21. Colonie française depuis le XVIIe siècle.
22. Nom masculin : absence de vent.
23. Avec l'ensemble de l'équipement nécessaire à la manœuvre des voiles.
24. Jeta l'ancre.
25. Ou Joal, ville du Sénégal.
26. Intermédiaires qui mettent en relation vendeurs et acheteurs.

d'approvisionner promptement[27] la place, aussitôt que les objets de son commerce y deviennent rares.

Le capitaine Ledoux se fit descendre sur le rivage, et fit sa visite à Tamango. Il le trouva dans une case en paille qu'on lui avait élevée à la hâte, accompagné de ses deux femmes et de quelques sous-marchands et conducteurs d'esclaves. Tamango s'était paré[28] pour recevoir le capitaine blanc. Il était vêtu d'un vieil habit d'uniforme bleu, ayant encore les galons de caporal[29] ; mais sur chaque épaule pendaient deux épaulettes d'or attachées au même bouton, et ballottant, l'une par-devant, l'autre par-derrière. Comme il n'avait pas de chemise, et que l'habit était un peu court pour un homme de sa taille, on remarquait entre les revers blancs de l'habit et son caleçon de toile de Guinée[30] une bande considérable de peau noire qui ressemblait à une large ceinture. Un grand sabre de cavalerie était suspendu à son côté au moyen d'une corde, et il tenait à la main un beau fusil à deux coups, de fabrique anglaise. Ainsi équipé, le guerrier africain croyait surpasser en élégance le petit-maître[31] le plus accompli de Paris ou de Londres.

Le capitaine Ledoux le considéra quelque temps en silence, tandis que Tamango, se redressant à la manière d'un grenadier[32] qui passe à la revue devant un général étranger, jouissait de l'impression qu'il croyait produire sur le Blanc. Ledoux, après l'avoir examiné en connaisseur, se tourna vers son second, et lui dit :

« Voilà un gaillard[33] que je vendrais au moins mille écus, rendu sain et sans avaries[34] à la Martinique. »

27. Rapidement.
28. Avait mis ses plus beaux habits.
29. Insignes du grade du militaire le moins élevé dans l'infanterie.
30. Sorte de tissu utilisé dans le commerce de la traite.
31. Jeune élégant aux manières prétentieuses.
32. Soldat d'élite.
33. Homme jeune et vigoureux.
34. Sans dommages (champ lexical de la marine).

On s'assit, et un matelot qui savait un peu la langue wolofe[35] servit d'interprète. Les premiers compliments de politesse échangés, un mousse apporta un panier de bouteilles d'eau-de-vie ; on but, et le capitaine, pour mettre Tamango en belle humeur, lui fit présent d'une jolie poire à poudre[36] en cuivre, ornée du portrait de Napoléon en relief. Le présent accepté avec la reconnaissance convenable, on sortit de la case, on s'assit à l'ombre en face des bouteilles d'eau-de-vie, et Tamango donna le signal de faire venir les esclaves qu'il avait à vendre.

Ils parurent sur une longue file, le corps courbé par la fatigue et la frayeur, chacun ayant le cou pris dans une fourche longue de plus de six pieds, dont les deux pointes étaient réunies vers la nuque par une barre de bois. Quand il faut se mettre en marche, un des conducteurs prend sur son épaule le manche de la fourche du premier esclave ; celui-ci se charge de la fourche de l'homme qui le suit immédiatement ; le second porte la fourche du troisième esclave, et ainsi des autres. S'agit-il de faire halte, le chef de file enfonce en terre le bout pointu du manche et sa fourche, et toute la colonne s'arrête. On juge facilement qu'il ne faut pas penser à s'échapper à la course, quand on porte attaché au cou un gros bâton de six pieds de longueur.

À chaque esclave mâle ou femelle qui passait devant lui, le capitaine haussait les épaules, trouvait les hommes chétifs[37], les femmes trop vieilles ou trop jeunes et se plaignait de l'abâtardissement[38] de la race noire.

« Tout dégénère, disait-il ; autrefois, c'était bien différent. Les femmes avaient cinq pieds six pouces de haut, et quatre hommes auraient tourné seuls le cabestan[39] d'une frégate[40], pour lever la maîtresse ancre. »

35. Langue parlée au Sénégal.
36. Espèce de petite bouteille de cuir ou de métal où l'on range la poudre.
37. Maigres, peu vigoureux.
38. La perte de qualités.
39. Treuil sur lequel peut s'enrouler un câble, qui sert à monter des charges.
40. Navire à trois mâts.

Cependant, tout en critiquant, il faisait un premier choix des Noirs les plus robustes et les plus beaux. Ceux-là, il pouvait les payer au prix ordinaire ; mais, pour le reste, il demandait une forte diminution. Tamango, de son côté, défendait ses intérêts, vantait sa marchandise, parlait de la rareté des hommes et des périls de la traite. Il conclut en demandant un prix, je ne sais lequel, pour les esclaves que le capitaine blanc voulait charger à son bord.

Aussitôt que l'interprète eut traduit en français la proposition de Tamango, Ledoux manqua tomber à la renverse de surprise et d'indignation ; puis, murmurant quelques jurements[41] affreux, il se leva comme pour rompre tout marché avec un homme aussi déraisonnable. Alors Tamango le retint ; il parvint avec peine à le faire rasseoir. Une nouvelle bouteille fut débouchée, et la discussion recommença. Ce fut le tour du Noir à trouver folles et extravagantes les propositions du Blanc. On cria, on disputa longtemps, on but prodigieusement d'eau-de-vie ; mais l'eau-de-vie produisait un effet bien différent sur les deux parties contractantes[42]. Plus le Français buvait, plus il réduisait ses offres ; plus l'Africain buvait, plus il cédait de ses prétentions. De la sorte, à la fin du panier, on tomba d'accord. De mauvaises cotonnades, de la poudre, des pierres à feu, trois barriques d'eau-de-vie, cinquante fusils mal raccommodés furent donnés en échange de cent soixante esclaves. Le capitaine, pour ratifier le traité, frappa dans la main du Noir plus qu'à moitié ivre, et aussitôt les esclaves furent remis aux matelots français, qui se hâtèrent de leur ôter leurs fourches de bois pour leur donner des carcans[43] et des menottes en fer ; ce qui montre bien la supériorité de la civilisation européenne.

41. Jurons, paroles offensantes pour ce qui est sacré.

42. Qui signent un contrat, font affaire.

43. Colliers de fer.

Restait encore une trentaine d'esclaves : c'étaient des enfants, des vieillards, des femmes infirmes. Le navire était plein.

Tamango, qui ne savait que faire de ce rebut, offrit au capitaine de les lui vendre pour une bouteille d'eau-de-vie la pièce. L'offre était séduisante. Ledoux se souvint qu'à la représentation des *Vêpres siciliennes* à Nantes, il avait vu bon nombre de gens gros et gras entrer dans un parterre déjà plein, et parvenir cependant à s'y asseoir, en vertu de la compressibilité des corps humains. Il prit les vingt plus sveltes[44] des trente esclaves.

Alors Tamango ne demanda plus qu'un verre d'eau-de-vie pour chacun des dix restants. Ledoux réfléchit que les enfants ne payent et n'occupent que demi-place dans les voitures publiques. Il prit donc trois enfants ; mais il déclara qu'il ne voulait plus se charger d'un seul Noir. Tamango, voyant qu'il lui restait encore sept esclaves sur les bras, saisit son fusil et coucha en joue une femme qui venait la première : c'était la mère des trois enfants.

« Achète, dit-il au Blanc, ou je la tue ; un petit verre d'eau-de-vie ou je tire.

– Et que diable veux-tu que j'en fasse ? » répondit Ledoux.

Tamango fit feu, et l'esclave tomba morte à terre.

« Allons à un autre ! s'écria Tamango en visant un vieillard tout cassé : un verre d'eau-de-vie, ou bien… »

Une des femmes lui détourna le bras, et le coup partit au hasard. Elle venait de reconnaître dans le vieillard que son mari allait tuer un *guiriot*[45] ou magicien, qui lui avait prédit qu'elle serait reine.

Tamango, que l'eau-de-vie avait rendu furieux, ne se posséda plus en voyant qu'on s'opposait à ses volontés. Il frappa rudement sa femme de la crosse de son fusil ; puis se tournant vers Ledoux :

44. Minces, fins.

45. Ancienne forme de griot, poète et musicien africain.

« Tiens, dit-il, je te donne cette femme. »

Elle était jolie. Ledoux la regarda en souriant, puis il la prit par la main :

« Je trouverai bien où la mettre », dit-il.

L'interprète était un homme humain. Il donna une tabatière de carton à Tamango, et lui demanda les six esclaves restants. Il les délivra de leurs fourches, et leur permit de s'en aller où bon leur semblerait. Aussitôt, ils se sauvèrent, qui deçà, qui delà, fort embarrassés de retourner dans leur pays à deux cents lieues de la côte.

Cependant le capitaine dit adieu à Tamango et s'occupa de faire au plus vite embarquer sa cargaison[46]. Il n'était pas prudent de rester longtemps en rivière ; les croiseurs pouvaient reparaître, et il voulait appareiller[47] le lendemain. Pour Tamango, il se coucha sur l'herbe, à l'ombre, et dormit pour cuver son eau-de-vie.

Quand il se réveilla, le vaisseau était déjà sous voiles et descendait la rivière. Tamango, la tête encore embarrassée de la débauche de la veille, demanda sa femme Ayché[48]. On lui répondit qu'elle avait eu le malheur de lui déplaire, et qu'il l'avait donnée en présent au capitaine blanc, lequel l'avait emmenée à son bord. À cette nouvelle, Tamango stupéfait se frappa la tête, puis il prit son fusil, et comme la rivière faisait plusieurs détours avant de se décharger dans la mer, il courut, par le chemin le plus direct, à une petite anse[49], éloignée de l'embouchure d'une demi-lieue. Là, il espérait trouver un canot avec lequel il pourrait joindre le brick, dont les sinuosités de la rivière devaient retarder la marche. Il ne se trompait pas : en effet, il eut le temps de se jeter dans un canot et de joindre le négrier.

Ledoux fut surpris de le voir, mais encore plus de l'entendre redemander sa femme.

46. Chargement.
47. Quitter le port.
48. Autre orthographe d'Aïcha.
49. Petite baie.

« Bien donné ne se reprend plus », répondit-il.

Et il lui tourna le dos.

Le Noir insista, offrant de rendre une partie des objets qu'il avait reçus en échange des esclaves. Le capitaine se mit à rire, dit qu'Ayché était une très bonne femme, et qu'il voulait la garder. Alors le pauvre Tamango versa un torrent de larmes, et poussa des cris de douleur aussi aigus que ceux d'un malheureux qui subit une opération chirurgicale. Tantôt il se roulait sur le pont en appelant sa chère Ayché ; tantôt il se frappait la tête contre les planches, comme pour se tuer. Toujours impassible, le capitaine, en lui montrant le rivage, lui faisait signe qu'il était temps pour lui de s'en aller ; mais Tamango persistait. Il offrit jusqu'à ses épaulettes d'or, son fusil et son sabre. Tout fut inutile.

Pendant ce débat, le lieutenant de *L'Espérance* dit au capitaine :

« Il nous est mort cette nuit trois esclaves, nous avons de la place. Pourquoi ne prendrions-nous pas ce vigoureux coquin, qui vaut mieux à lui seul que les trois morts ? » Ledoux fit réflexion que Tamango se vendrait bien mille écus ; que ce voyage, qui s'annonçait comme très profitable pour lui, serait probablement son dernier ; qu'enfin sa fortune étant faite, et lui renonçant au commerce d'esclaves, peu lui importait de laisser à la côte de Guinée[50] une bonne ou une mauvaise réputation. D'ailleurs, le rivage était désert, et le guerrier africain entièrement à sa merci. Il ne s'agissait plus que de lui enlever ses armes ; car il eût été dangereux de mettre la main sur lui pendant qu'il les avait encore en sa possession. Ledoux lui demanda donc son fusil, comme pour l'examiner et s'assurer s'il valait bien autant que la belle Ayché. En faisant jouer les ressorts, il eut soin de laisser tomber la poudre de l'amorce[51]. Le lieutenant de son côté maniait le sabre ; et, Tamango se trouvant ainsi désarmé, deux vigoureux

50. Jusqu'ici, il a été question du Sénégal.

51. Petite masse d'explosif, dont la détonation enflamme la charge de poudre.

matelots se jetèrent sur lui, le renversèrent sur le dos, et se mirent en devoir de le garrotter. La résistance du Noir fut héroïque. Revenu de sa première surprise, et malgré le désavantage de sa position, il lutta longtemps contre les deux matelots. Grâce à sa force prodigieuse, il parvint à se relever. D'un coup de poing, il terrassa l'homme qui le tenait au collet ; il laissa un morceau de son habit entre les mains de l'autre matelot, et s'élança comme un furieux sur le lieutenant pour lui arracher son sabre. Celui-ci l'en frappa à la tête, et lui fit une blessure large, mais peu profonde. Tamango tomba une seconde fois. Aussitôt, on lui lia fortement les pieds et les mains. Tandis qu'il se défendait, il poussait des cris de rage, et s'agitait comme un sanglier pris dans les toiles[52] ; mais, lorsqu'il vit que toute résistance était inutile, il ferma les yeux et ne fit plus aucun mouvement. Sa respiration forte et précipitée prouvait seule qu'il était encore vivant.

« Parbleu ! s'écria le capitaine Ledoux, les Noirs qu'il a vendus vont rire de bon cœur en le voyant esclave à son tour. C'est pour le coup qu'ils verront bien qu'il y a une Providence[53]. »

Cependant le pauvre Tamango perdait tout son sang. Le charitable interprète qui, la veille, avait sauvé la vie à six esclaves, s'approcha de lui, banda sa blessure et lui adressa quelques paroles de consolation. Ce qu'il put lui dire, je l'ignore. Le Noir restait immobile, ainsi qu'un cadavre. Il fallut que deux matelots le portassent comme un paquet dans l'entrepont, à la place qui lui était destinée. Pendant deux jours, il ne voulut ni boire ni manger ; à peine lui vit-on ouvrir les yeux. Ses compagnons de captivité, autrefois ses prisonniers, le virent paraître au milieu d'eux avec un étonnement stupide[54]. Telle était la crainte qu'il leur inspirait encore, que pas un seul n'osa insulter à la misère de celui qui avait causé la leur.

52. Filets, pièges.
53. Sagesse de Dieu conduisant le monde.
54. Ici, qui paralyse (à cause de l'étonnement ou d'un autre sentiment).

Favorisé par un bon vent de terre, le vaisseau s'éloignait rapidement de la côte d'Afrique. Déjà sans inquiétude au sujet de la croisière anglaise[55], le capitaine ne pensait plus qu'aux énormes bénéfices qui l'attendaient dans les colonies vers lesquelles il se dirigeait. Son bois d'ébène se maintenait sans avaries. Point de maladies contagieuses. Douze Nègres seulement, et des plus faibles, étaient morts de chaleur : c'était bagatelle[56]. Afin que sa cargaison humaine souffrît le moins possible des fatigues de la traversée, il avait l'attention de faire monter tous les jours ses esclaves sur le pont. Tour à tour, un tiers de ces malheureux avait une heure pour faire sa provision d'air de toute la journée. Une partie de l'équipage les surveillait, armée jusqu'aux dents, de peur de la révolte ; d'ailleurs, on avait soin de ne jamais leur ôter entièrement leurs fers. Quelquefois un matelot qui savait jouer du violon les régalait d'un concert. Il était alors curieux de voir toutes ces figures noires se tourner vers le musicien, perdre par degrés leur expression de désespoir stupide, rire d'un gros rire et battre des mains quand leurs chaînes le leur permettaient. L'exercice est nécessaire à la santé ; aussi l'une des salutaires[57] pratiques du capitaine Ledoux, c'était de faire souvent danser ses esclaves, comme on fait piaffer[58] des chevaux embarqués pour une longue traversée.

« Allons, mes enfants, dansez, amusez-vous », disait le capitaine d'une voix de tonnerre, en faisant claquer un énorme fouet de poste[59].

Et aussitôt les pauvres Noirs sautaient et dansaient.

Quelque temps, la blessure de Tamango le retint sous les écoutilles[60]. Il parut enfin sur le pont ; et d'abord, relevant la tête avec fierté au milieu de la foule craintive des esclaves, il jeta un coup

55. Surveillance par les navires anglais.
56. Chose sans importance.
57. Bénéfiques.
58. Pour un cheval, frapper la terre des pieds de devant, sans avancer.
59. Fouet utilisé pour faire avancer les chevaux.
60. Ouvertures pratiquées dans le pont d'un navire, permettant d'accéder à l'étage supérieur.

d'œil triste, mais calme, sur l'immense étendue d'eau qui environnait le navire, puis il se coucha, ou plutôt se laissa tomber sur les planches du tillac[61], sans prendre même le soin d'arranger ses fers de manière qu'ils lui fussent moins incommodes. Ledoux, assis au gaillard d'arrière, fumait tranquillement sa pipe. Près de lui, Ayché, sans fers, vêtue d'une robe élégante de cotonnade bleue, les pieds chaussés de jolies pantoufles de maroquin[62], portant à la main un plateau chargé de liqueurs, se tenait prête à lui servir à boire. Il était évident qu'elle remplissait de hautes fonctions auprès du capitaine. Un Noir, qui détestait Tamango, lui fit signe de regarder de ce côté. Tamango tourna la tête, l'aperçut, poussa un cri ; et, se levant avec impétuosité[63], courut vers le gaillard d'arrière[64] avant que les matelots de garde eussent pu s'opposer à une infraction aussi énorme de toute discipline navale.

« Ayché ! cria-t-il d'une voix foudroyante, et Ayché poussa un cri de terreur ; crois-tu que dans le pays des Blancs il n'y ait point de MAMA-JUMBO ? »

Déjà des matelots accouraient le bâton levé ; mais Tamango, les bras croisés, et comme insensible, retournait tranquillement à sa place, tandis qu'Ayché, fondant en larmes, semblait pétrifiée par ces mystérieuses paroles.

L'interprète expliqua ce qu'était ce terrible Mama-Jumbo, dont le nom seul produisait tant d'horreur.

« C'est le Croquemitaine des Nègres, dit-il. Quand un mari a peur que sa femme ne fasse ce que font bien des femmes en France comme en Afrique, il la menace du Mama-Jumbo. Moi, qui vous parle, j'ai vu le Mama-Jumbo, et j'ai compris la ruse ; mais les Noirs..., comme c'est simple, cela ne comprend rien. Figurez-vous qu'un soir, pendant que les femmes s'amusaient à danser,

61. Pont supérieur d'un navire.
62. Peau de chèvre ou de mouton tannée et teinte.
63. Beaucoup de vivacité.
64. Superstructure située à l'arrière sur le pont supérieur d'un navire.

à faire un *folgar*, comme ils disent dans leur jargon, voilà que, d'un petit bois bien touffu et bien sombre, on entend une musique étrange, sans que l'on vît personne pour la faire ; tous les musiciens étaient cachés dans le bois. Il y avait des flûtes de roseau, des tambourins de bois, des *balafos*[65], et des guitares faites avec des moitiés de calebasses. Tout cela jouait un air à porter le diable en terre. Les femmes n'ont pas plus tôt entendu cet air-là, qu'elles se mettent à trembler, elles veulent se sauver, mais les maris les retiennent : elles savaient bien ce qui leur pendait à l'oreille. Tout à coup, sort du bois une grande figure blanche, haute comme notre mât de perroquet[66], avec une tête grosse comme un boisseau[67], des yeux larges comme des écubiers[68], et une gueule comme celle du diable avec du feu dedans. Cela marchait lentement, lentement ; et cela n'alla pas plus loin qu'à demi-encablure[69] du bois. Les femmes criaient : "Voilà, Mama-Jumbo !" Elles braillaient comme des vendeuses d'huîtres. Alors les maris leur disaient : " Allons, coquines, dites-nous si vous avez été sages ; si vous mentez, Mama-Jumbo est là pour vous manger toutes crues. " Il y en avait qui étaient assez simples pour avouer, et alors les maris les battaient comme plâtre.

– Et qu'était-ce donc que cette figure blanche, ce Mama-Jumbo ? demanda le capitaine.

– Eh bien, c'était un farceur affublé d'un grand drap blanc, portant, au lieu de tête, une citrouille creusée et garnie d'une chandelle allumée au bout d'un grand bâton. Cela n'est pas plus malin, et il ne faut pas de grands frais d'esprit pour attraper les Noirs. Avec tout cela, c'est une bonne invention que le Mama-Jumbo, et je voudrais que ma femme y crût.

65. Ou balafons, sortes de xylophones.
66. Partie la plus haute d'un mât constituée par le mât de misaine et le mât de hune.
67. Mesure de capacité valant 12,5 l.
68. Ouvertures pratiquées à l'avant d'un navire pour le passage des chaînes d'ancre.
69. Environ 100 m (champ lexical de la marine).

– Pour la mienne, dit Ledoux, si elle n'a pas peur de Mama-Jumbo, elle a peur de Martin-Bâton ; et elle sait du reste comment je l'arrangerais si elle me jouait quelque tour. Nous ne sommes pas endurants dans la famille des Ledoux et, quoique je n'aie qu'un poignet, il manie encore assez bien une garcette[70]. Quant à votre drôle, là-bas, qui parle de Mama-Jumbo, dites-lui qu'il se tienne bien et qu'il ne fasse pas peur à la petite mère que voici, ou je lui ferai si bien ratisser l'échine[71], que son cuir, de noir, deviendra rouge comme un rosbif cru. »

À ces mots, le capitaine descendit dans sa chambre, fit venir Ayché et tâcha de la consoler ; mais ni les caresses, ni les coups même, car on perd patience à la fin, ne purent rendre traitable la belle Négresse ; des flots de larmes coulaient de ses yeux. Le capitaine remonta sur le pont, de mauvaise humeur, et querella l'officier de quart[72] sur la manœuvre qu'il commandait dans le moment.

La nuit, lorsque presque tout l'équipage dormait d'un profond sommeil, les hommes de garde entendirent d'abord un chant grave, solennel, lugubre, qui partait de l'entrepont, puis un cri de femme horriblement aigu. Aussitôt après, la grosse voix de Ledoux jurant et menaçant, et le bruit de son terrible fouet, retentirent dans tout le bâtiment. Un instant après, tout rentra dans le silence. Le lendemain, Tamango parut sur le pont la figure meurtrie, mais l'air aussi fier, aussi résolu qu'auparavant.

À peine Ayché l'eut-elle aperçu, que quittant le gaillard d'arrière où elle était assise à côté du capitaine, elle courut avec rapidité vers Tamango, s'agenouilla devant lui, et lui dit avec un accent de désespoir concentré :

« Pardonne-moi, Tamango, pardonne-moi ! »

70. Cordages tressés, utilisés comme fouet.
71. Frapper la colonne vertébrale, le dos (familier).
72. Officier de service (la garde à l'origine durait six heures).

Tamango la regarda fixement pendant une minute ; puis remarquant que l'interprète était éloigné :

« Une lime ! » dit-il.

Et il se coucha sur le tillac en tournant le dos à Ayché. Le capitaine la réprimanda vertement[73], lui donna même quelques soufflets[74], et lui défendit de parler à son ex-mari ; mais il était loin de soupçonner le sens des courtes paroles qu'ils avaient échangées, et il ne fit aucune question à ce sujet.

Cependant Tamango, renfermé avec les autres esclaves, les exhortait[75] jour et nuit à tenter un effort généreux pour recouvrer leur liberté. Il leur parlait du petit nombre des Blancs, et leur faisait remarquer la négligence toujours croissante de leurs gardiens ; puis, sans s'expliquer nettement, il disait qu'il saurait les ramener dans leur pays, vantait son savoir dans les sciences occultes[76], dont les Noirs sont fort entichés[77], et menaçait de la vengeance du diable ceux qui se refuseraient à l'aider dans son entreprise. Dans ses harangues[78], il ne se servait que du dialecte des Peules[79], qu'entendaient la plupart des esclaves, mais que l'interprète ne comprenait pas. La réputation de l'orateur, l'habitude qu'avaient les esclaves de le craindre et de lui obéir, vinrent merveilleusement au secours de son éloquence[80], et les Noirs le pressèrent de fixer un jour pour leur délivrance, bien avant que lui-même se crût en état de l'effectuer. Il répondait vaguement aux conjurés[81] que le temps n'était pas venu, et que le diable, qui lui apparaissait en songe, ne l'avait pas encore averti, mais qu'ils eussent à se tenir prêts au premier signal. Cependant il ne négligeait aucune occasion de faire des expériences sur la vigilance

73. Avec rudesse.
74. Gifles.
75. Encourageait par la parole.
76. Pratiques secrètes faisant intervenir des forces reconnues ni par la science ni par la religion (magie, alchimie, astrologie, voyance…).
77. Qu'ils aiment beaucoup.
78. Discours.
79. Langue d'un peuple d'Afrique de l'Ouest.
80. Facilité de parole.
81. Ici, membres d'un complot, d'une conjuration.

de ses gardiens. Une fois, un matelot, laissant son fusil appuyé contre les plats-bords[82], s'amusait à regarder une troupe de poissons volants qui suivaient le vaisseau ; Tamango prit le fusil et se mit à le manier, imitant avec des gestes grotesques[83] les mouvements qu'il avait vu faire à des matelots qui faisaient l'exercice. On lui retira le fusil au bout d'un instant ; mais il avait appris qu'il pourrait toucher une arme sans éveiller immédiatement le soupçon ; et, quand le temps viendrait de s'en servir, bien hardi celui qui voudrait la lui arracher des mains.

Un jour, Ayché lui jeta un biscuit en lui faisant un signe que lui seul comprit. Le biscuit contenait une petite lime : c'était de cet instrument que dépendait la réussite du complot. D'abord Tamango se garda bien de montrer la lime à ses compagnons ; mais, lorsque la nuit fut venue, il se mit à murmurer des paroles inintelligibles[84] qu'il accompagnait de gestes bizarres. Par degrés, il s'anima jusqu'à pousser des cris. À entendre les intonations variées de sa voix, on eût dit qu'il était engagé dans une conversation animée avec une personne invisible. Tous les esclaves tremblaient, ne doutant pas que le diable ne fût en ce moment même au milieu d'eux. Tamango mit fin à cette scène en poussant un cri de joie.

« Camarades, s'écria-t-il, l'esprit que j'ai conjuré[85] vient enfin de m'accorder ce qu'il m'avait promis, et je tiens dans mes mains l'instrument de notre délivrance. Maintenant, il ne vous faut qu'un peu de courage pour vous faire libres. »

Il fit toucher la lime à ses voisins, et la fourbe[86], toute grossière qu'elle était, trouva créance[87] auprès d'hommes encore plus grossiers.

Après une longue attente vint le grand jour de vengeance et de liberté. Les conjurés, liés entre eux par un serment solennel,

82. Planches qui terminent le pourtour d'un navire.
83. Ridicules.
84. Incompréhensibles.
85. Ici, invoqué, appelé par une formule magique, une conjuration (deuxième sens du mot).
86. La ruse.
87. Fut crue, parut digne de foi.

avaient arrêté leur plan après une mûre délibération[88]. Les plus déterminés[89], ayant Tamango à leur tête, lorsqu'ils monteraient à leur tour sur le pont, devaient s'emparer des armes de leurs gardiens ; quelques autres iraient à la chambre du capitaine pour y prendre les fusils qui s'y trouvaient. Ceux qui seraient parvenus à limer leurs fers devaient commencer l'attaque ; mais, malgré le travail opiniâtre[90] de plusieurs nuits, le plus grand nombre des esclaves était encore incapable de prendre une part énergique à l'action. Aussi, trois Noirs robustes avaient la charge de tuer l'homme qui portait dans sa poche la clef des fers et d'aller aussitôt délivrer leurs compagnons enchaînés.

Ce jour-là, le capitaine Ledoux était d'une humeur charmante ; contre sa coutume, il fit grâce à un mousse qui avait mérité le fouet. Il complimenta l'officier de quart sur sa manœuvre, déclara à l'équipage qu'il était content, et lui annonça qu'à la Martinique, où ils arriveraient dans peu, chaque homme recevrait une gratification[91]. Tous les matelots, entretenant de si agréables idées, faisaient déjà dans leur tête l'emploi de cette gratification. Ils pensaient à l'eau-de-vie et aux femmes de couleur de la Martinique, lorsqu'on fit monter sur le pont Tamango et les autres conjurés.

Ils avaient eu soin de limer leurs fers de manière qu'ils ne parussent pas être coupés, et que le moindre effort suffit cependant pour les rompre. D'ailleurs, ils les faisaient si bien résonner, qu'à les entendre on eût dit qu'ils en portaient un double poids. Après avoir humé[92] l'air quelque temps, ils se prirent tous par la main et se mirent à danser pendant que Tamango entonnait le chant guerrier de sa famille*, qu'il chantait autrefois avant d'aller au combat. Quand la danse eut duré quelque temps, Tamango, comme épuisé de fatigue, se coucha tout de son long au pied

88. Débat, discussion.
89. Décidés.
90. Tenace, obstiné.
91. Somme versée au-delà de ce qui est dû.
92. Senti, aspiré.
* Chaque capitaine nègre a le sien.

d'un matelot qui s'appuyait nonchalamment[93] contre les plats-bords du navire ; tous les conjurés en firent autant. De la sorte, chaque matelot était entouré de plusieurs Noirs.

Tout à coup Tamango, qui venait doucement de rompre ses fers, pousse un grand cri, qui devait servir de signal, tire violemment par les jambes le matelot qui se trouvait près de lui, le culbute et, lui mettant le pied sur le ventre, lui arrache son fusil, et s'en sert pour tuer l'officier de quart. En même temps, chaque matelot de garde est assailli, désarmé, et aussitôt égorgé. De toutes parts, un cri de guerre s'élève. Le contremaître, qui avait la clef des fers, succombe un des premiers. Alors une foule de Noirs inondent le tillac. Ceux qui ne peuvent trouver d'armes saisissent les barres du cabestan ou les rames de la chaloupe. Dès ce moment, l'équipage européen fut perdu. Cependant quelques matelots firent tête sur le gaillard d'arrière ; mais ils manquaient d'armes et de résolution. Ledoux était encore vivant et n'avait rien perdu de son courage. S'apercevant que Tamango était l'âme de la conjuration, il espéra que, s'il pouvait le tuer, il aurait bon marché de ses complices. Il s'élança donc à sa rencontre, le sabre à la main, en l'appelant à grands cris. Aussitôt, Tamango se précipita sur lui. Il tenait un fusil par le bout du canon et s'en servait comme d'une massue. Les deux chefs se joignirent sur un des passavants, ce passage étroit qui communique du gaillard d'avant à l'arrière. Tamango frappa le premier. Par un léger mouvement de corps, le Blanc évita le coup. La crosse, tombant avec force sur les planches, se brisa, et le contrecoup fut si violent, que le fusil échappa des mains de Tamango. Il était sans défense, et Ledoux, avec un sourire de joie diabolique levait le bras et allait le percer ; mais Tamango était aussi agile que les panthères de son pays. Il s'élança dans les bras de son adversaire, et lui saisit la main dont il tenait son sabre. L'un s'efforce de retenir

93. Paresseusement.

son arme, l'autre de l'arracher. Dans cette lutte furieuse, ils tombent tous les deux ; mais l'Africain avait le dessous. Alors, sans se décourager, Tamango, étreignant son adversaire de toute sa force, le mordit à la gorge avec tant de violence, que le sang jaillit comme sous la dent d'un lion. Le sabre échappa de la main défaillante du capitaine. Tamango s'en saisit ; puis, se relevant, la bouche sanglante, et poussant un cri de triomphe, il perça de coups redoublés son ennemi déjà à demi-mort.

La victoire n'était plus douteuse. Le peu de matelots qui restaient essayèrent d'implorer la pitié des révoltés ; mais tous, jusqu'à l'interprète, qui ne leur avait jamais fait de mal, furent impitoyablement massacrés. Le lieutenant mourut avec gloire. Il s'était retiré à l'arrière, auprès d'un de ces petits canons qui tournent sur un pivot, et que l'on charge de mitraille. De la main gauche, il dirigea la pièce et, de la droite, armé d'un sabre, il se défendit si bien qu'il attira autour de lui une foule de Noirs. Alors, pressant la détente du canon, il fit au milieu de cette masse serrée une large rue pavée de morts et de mourants. Un instant après, il fut mis en pièces.

Lorsque le cadavre du dernier Blanc, déchiqueté et coupé par morceaux, eut été jeté à la mer, les Noirs, rassasiés de vengeance, levèrent les yeux vers les voiles du navire, qui, toujours enflées par un vent frais, semblaient obéir encore à leurs oppresseurs et mener les vainqueurs, malgré leur triomphe, vers la terre de l'esclavage.

« Rien n'est donc fait, pensèrent-ils avec tristesse ; et ce grand fétiche[94] des Blancs voudra-t-il nous ramener dans notre pays, nous qui avons versé le sang de ses maîtres ? »

Quelques-uns dirent que Tamango saurait le faire obéir. Aussitôt, on appelle Tamango à grands cris.

94. Objet de culte, dieu.

Révolte à bord d'un navire négrier.
Gravure de Guillaumot d'après Foussereau (XIXe siècle)

Il ne se pressait pas de se montrer. On le trouva dans la chambre de poupe[95], debout, une main appuyée sur le sabre sanglant du capitaine ; l'autre, il la tendait d'un air distrait à sa femme Ayché, qui la baisait à genoux devant lui. La joie d'avoir vaincu ne diminuait pas une sombre inquiétude qui se trahissait dans toute sa contenance. Moins grossier que les autres, il sentait mieux la difficulté de sa position.

Il parut enfin sur le tillac, affectant un calme qu'il n'éprouvait pas. Pressé par cent voix confuses de diriger la course du vaisseau, il s'approcha du gouvernail à pas lents, comme pour retarder un peu le moment qui allait, pour lui-même et pour les autres, décider de l'étendue de son pouvoir.

Dans tout le vaisseau, il n'y avait pas un Noir, si stupide qu'il fût, qui n'eût remarqué l'influence qu'une certaine roue et la boîte placée en face exerçaient sur les mouvements du navire ; mais, dans ce mécanisme, il y avait toujours pour eux un grand mystère. Tamango examina la boussole pendant longtemps en remuant les lèvres, comme s'il lisait les caractères qu'il y voyait tracés ; puis il portait la main à son front, et prenait l'attitude pensive d'un homme qui fait un calcul de tête. Tous les Noirs l'entouraient, la bouche béante[96], les yeux démesurément ouverts, suivant avec anxiété le moindre de ses gestes. Enfin, avec ce mélange de crainte et de confiance que l'ignorance donne, il imprima un violent mouvement à la roue du gouvernail.

Comme un généreux coursier[97] qui se cabre sous l'éperon d'un cavalier imprudent, le beau brick *L'Espérance* bondit sur la vague à cette manœuvre inouïe. On eût dit qu'indigné, il voulait s'engloutir avec son pilote ignorant. Le rapport nécessaire entre la direction des voiles et celle du gouvernail étant brusquement

95. Arrière du bateau.
96. Largement ouverte.
97. Cheval de course.

rompu, le vaisseau s'inclina avec tant de violence, qu'on eût dit qu'il allait s'abîmer[98]. Ses longues vergues[99] plongèrent dans la mer. Plusieurs hommes furent renversés ; quelques-uns tombèrent par-dessus le bord. Bientôt, le vaisseau se releva fièrement contre la lame[100] comme pour lutter encore une fois avec la destruction. Le vent redoubla d'efforts, et tout d'un coup, avec un bruit horrible, tombèrent les deux mâts, cassés à quelques pieds du pont, couvrant le tillac de débris et comme d'un lourd filet de cordages.

Les Nègres épouvantés fuyaient sous les écoutilles en poussant des cris de terreur ; mais, comme le vent ne trouvait plus de prise, le vaisseau se releva et se laissa doucement ballotter[101] par les flots. Alors les plus hardis des Noirs remontèrent sur le tillac et le débarrassèrent des débris qui l'obstruaient. Tamango restait immobile, le coude appuyé sur l'habitacle et se cachant le visage sur son bras replié. Ayché était auprès de lui, mais n'osait lui adresser la parole. Peu à peu, les Noirs s'approchèrent ; un murmure s'éleva, qui bientôt se changea en un orage de reproches et d'injures.

« Perfide ! imposteur ! s'écriaient-ils, c'est toi qui as causé tous nos maux, c'est toi qui nous as vendus aux Blancs, c'est toi qui nous as contraints de nous révolter contre eux. Tu nous avais vanté ton savoir, tu nous avais promis de nous ramener dans notre pays. Nous t'avons cru, insensés que nous étions ! et voilà que nous avons manqué de périr tous parce que tu as offensé le fétiche des Blancs. »

Tamango releva fièrement la tête et les Noirs qui l'entouraient reculèrent intimidés. Il ramassa deux fusils, fit signe à sa femme de le suivre, traversa la foule, qui s'ouvrit devant lui, et se dirigea

98. Sombrer, tomber dans l'abîme.
99. Pièces de bois horizontales sur lesquelles les voiles sont attachées.
100. Vague.
101. Agiter.

vers l'avant du vaisseau. Là, il se fit comme un rempart avec des tonneaux vides et des planches ; puis il s'assit au milieu de cette espèce de retranchement, d'où sortaient, menaçantes, les baïonnettes[102] de ses deux fusils. On le laissa tranquille. Parmi les révoltés, les uns pleuraient ; d'autres, levant les mains au ciel, invoquaient leurs fétiches et ceux des Blancs ; ceux-ci, à genoux devant la boussole, dont ils admiraient le mouvement continuel, la suppliaient de les ramener dans leur pays ; ceux-là se couchaient sur le tillac dans un morne abattement. Au milieu de ces désespérés, qu'on se représente des femmes et des enfants hurlant d'effroi, et une vingtaine de blessés implorant des secours que personne ne pensait à leur donner.

Tout à coup, un Nègre paraît sur le tillac : son visage est radieux. Il annonce qu'il vient de découvrir l'endroit où les Blancs gardent leur eau-de-vie ; sa joie et sa contenance prouvent assez qu'il vient d'en faire l'essai. Cette nouvelle suspend un instant les cris de ces malheureux. Ils courent à la cambuse[103] et se gorgent[104] de liqueur. Une heure après, on les eût vus sauter et rire sur le pont, se livrant à toutes les extravagances de l'ivresse la plus brutale. Leurs danses et leurs chants étaient accompagnés de gémissements et des sanglots des blessés. Ainsi se passa le reste du jour et toute la nuit.

Le matin, au réveil, nouveau désespoir. Pendant la nuit, un grand nombre de blessés étaient morts. Le vaisseau flottait entouré de cadavres. La mer était grosse et le ciel brumeux. On tint conseil. Quelques apprentis dans l'art magique, qui n'avaient point osé parler de leur savoir-faire devant Tamango, offrirent tour à tour leurs services. On essaya plusieurs conjurations puissantes. À chaque tentative inutile, le découragement augmentait.

102. Armes pointues qui s'ajustent au canon des fusils.

103. Magasin d'un navire, contenant les vivres.

104. Se gavent.

Enfin, on reparla de Tamango, qui n'était pas encore sorti de son retranchement. Après tout, c'était le plus savant d'entre eux, et lui seul pouvait les tirer de la situation horrible où il les avait placés. Un vieillard s'approcha de lui, porteur de propositions de paix. Il le pria de venir donner son avis ; mais Tamango, inflexible comme Coriolan[105], fut sourd à ses prières. La nuit, au milieu du désordre, il avait fait sa provision de biscuits et de chair salée. Il paraissait déterminé à vivre seul dans sa retraite.

L'eau-de-vie restait. Au moins elle fait oublier et la mer, et l'esclavage, et la mort prochaine. On dort, on rêve de l'Afrique, on voit des forêts de gommiers[106], des cases couvertes de paille, des baobabs dont l'ombre couvre tout un village. L'orgie de la veille recommença. De la sorte se passèrent plusieurs jours. Crier, pleurer, s'arracher les cheveux, puis s'enivrer et dormir, telle était leur vie. Plusieurs moururent à force de boire ; quelques-uns se jetèrent à la mer, ou se poignardèrent.

Un matin, Tamango sortit de son fort et s'avança jusqu'auprès du tronçon du grand mât.

« Esclaves, dit-il, l'Esprit m'est apparu en songe et m'a révélé les moyens de vous tirer d'ici pour vous ramener dans votre pays. Votre ingratitude mériterait que je vous abandonnasse ; mais j'ai pitié de ces femmes et de ces enfants qui crient. Je vous pardonne : écoutez-moi. »

Tous les Noirs baissèrent la tête avec respect et se serrèrent autour de lui.

« Les Blancs, poursuivit Tamango, connaissent seuls les paroles puissantes qui font remuer ces grandes maisons de bois : mais nous pouvons diriger à notre gré ces barques légères qui ressemblent à celles de notre pays. »

105. Général romain du Ve siècle av. J.-C. ; condamné à l'exil, il se met à la tête des Volsques et menace Rome. Le peuple romain le supplie de ne pas attaquer. Mais il refuse de se laisser convaincre. Ce sont les femmes romaines, sa mère, son épouse et ses enfants qui le feront reculer.

106. Arbres fournissant la gomme.

Il montrait la chaloupe et les hautes embarcations du brick.

« Remplissons-les de vivres, montons dedans et ramons dans la direction du vent ; mon maître et le vôtre le fera souffler vers notre pays. »

On le crut. Jamais projet ne fut plus insensé. Ignorant l'usage de la boussole, et sous un ciel inconnu, il ne pouvait qu'errer à l'aventure. D'après ses idées, il s'imaginait qu'en ramant tout droit devant lui, il trouverait à la fin quelque terre habitée par les Noirs, car les Noirs possèdent la terre et les Blancs vivent sur leurs vaisseaux. C'est ce qu'il avait entendu dire à sa mère.

Tout fut bientôt prêt pour l'embarquement ; mais la chaloupe avec un canot seulement se trouva en état de servir. C'était trop peu pour contenir environ quatre-vingts Nègres encore vivants. Il fallut abandonner tous les blessés et les malades. La plupart demandèrent qu'on les tuât avant de se séparer d'eux.

Les deux embarcations, mises à flot avec des peines infinies et chargées outre mesure, quittèrent le vaisseau par une mer clapoteuse[107], qui menaçait à chaque instant de les engloutir. Le canot s'éloigna le premier. Tamango, avec Ayché, avait pris place dans la chaloupe, qui, beaucoup plus lourde et plus chargée, demeurait considérablement en arrière. On entendait encore les cris plaintifs de quelques malheureux abandonnés à bord du brick, quand une vague assez forte prit la chaloupe en travers et l'emplit d'eau. En moins d'une minute, elle coula. Le canot vit leur désastre, et ses rameurs doublèrent d'efforts de peur d'avoir à recueillir quelques naufragés. Presque tous ceux qui montaient la chaloupe furent noyés. Une douzaine seulement put regagner le vaisseau. De ce nombre étaient Tamango et Ayché. Quand le soleil se coucha, ils virent disparaître le canot derrière l'horizon, mais ce qu'il devint, on l'ignore.

107. Agitée de petites vagues.

Pourquoi fatiguerais-je le lecteur par la description dégoûtante des tortures de la faim ? Vingt personnes environ sur un espace étroit, tantôt ballottées par une mer orageuse, tantôt brûlées par un soleil ardent, se disputent tous les jours les faibles restes de leurs provisions. Chaque morceau de biscuit coûte un combat, et le faible meurt, non parce que le fort le tue, mais parce qu'il le laisse mourir. Au bout de quelques jours, il ne resta plus de vivants, à bord du brick *L'Espérance,* que Tamango et Ayché.

....

Une nuit, la mer était agitée, le vent soufflait avec violence et l'obscurité était si grande, que, de la poupe, on ne pouvait voir la proue[108] du navire. Ayché était couchée sur un matelas dans la chambre du capitaine et Tamango était assis à ses pieds. Tous les deux gardaient le silence depuis longtemps.

« Tamango, s'écria enfin Ayché, tout ce que tu souffres, tu le souffres à cause de moi…

– Je ne souffre pas », répondit-il brusquement. Et il jeta sur le matelas, à côté de sa femme, la moitié d'un biscuit qui lui restait.

« Garde-le pour toi, dit-elle en repoussant doucement le biscuit ; je n'ai plus faim. D'ailleurs, pourquoi manger ? Mon heure n'est-elle pas venue ? »

Tamango se leva sans répondre, monta en chancelant[109] sur le tillac et s'assit au pied d'un mât rompu. La tête penchée sur sa poitrine, il sifflait l'air de sa famille. Tout à coup un grand cri se fit entendre au-dessus du bruit du vent et de la mer ; une lumière parut. Il entendit d'autres cris, et un gros vaisseau noir glissa

108. L'avant du navire.

109. Penchant d'un côté et de l'autre en étant sur le point de tomber.

rapidement auprès du sien ; si près, que les vergues passèrent au-dessus de sa tête. Il ne vit que deux figures éclairées par une lanterne suspendue à un mât. Ces gens poussèrent encore un cri, et aussitôt leur navire, emporté par le vent, disparut dans l'obscurité. Sans doute les hommes de garde avaient aperçu le vaisseau naufragé ; mais le gros temps les empêchait de virer de bord[110]. Un instant après, Tamango vit la flamme d'un canon et entendit le bruit de l'explosion ; puis il vit la flamme d'un autre canon, mais il n'entendit aucun bruit ; puis il ne vit plus rien. Le lendemain, pas une voile ne paraissait à l'horizon. Tamango se recoucha sur son matelas et ferma les yeux. Sa femme Ayché était morte cette nuit-là.

....

Je ne sais combien de temps après, une frégate anglaise, *La Bellone*, aperçut un bâtiment démâté[111] et en apparence abandonné de son équipage. Une chaloupe, l'ayant abordé, y trouva une Négresse morte et un Nègre si décharné[112] et si maigre, qu'il ressemblait à une momie. Il était sans connaissance, mais avait encore un souffle de vie. Le chirurgien s'en empara, lui donna des soins, et quand *La Bellone* aborda à Kingston[113], Tamango était en parfaite santé. On lui demanda son histoire. Il dit ce qu'il en savait. Les planteurs de l'île voulaient qu'on le pendît comme un Nègre rebelle, mais le gouverneur, qui était un homme humain, s'intéressa à lui, trouvant son cas justifiable, puisque, après tout, il n'avait fait qu'user du droit légitime de défense ; et puis ceux qu'il avait tués n'étaient que des Français. On le traita comme

110. Changer de direction.
111. Sans mâts.
112. Très maigre.
113. Capitale de la Jamaïque.

on traite les Nègres pris à bord d'un vaisseau négrier que l'on confisque. On lui donna la liberté, c'est-à-dire qu'on le fit travailler pour le gouvernement ; mais il avait six sous par jour et la nourriture. C'était un fort bel homme. Le colonel du 75e le vit et le prit pour en faire un cymbalier[114] dans la musique de son régiment. Il apprit un peu d'anglais ; mais il ne parlait guère. En revanche, il buvait avec excès du rhum et du tafia[115]. Il mourut à l'hôpital d'une inflammation de poitrine[116].

Prosper Mérimée, *Tamango*, 1829.

114. Musicien qui joue des cymbales, instrument à percussion formé de deux disques de cuivre.

115. Eau-de-vie fabriquée avec les restes du sucre de canne.

116. Maladie pulmonaire.

LE CARNET DE LECTURE

Tamango

Théodore Géricault (1791-1824), *Le Radeau de la Méduse* (1819), huile sur toile (4,91 m x 7,16 m), Paris, Musée du Louvre.

Étudier l'œuvre

Ai-je bien lu ?

1 Quelle est l'activité du capitaine Ledoux ?

2 Quelle traversée effectue-t-il ?

3 Qui est Tamango ? Quelle sorte de marché conclut-il avec Ledoux ?

4 **a.** Quel méfait Tamango commet-il envers sa femme ? Qu'advient-il d'elle ?

b. Comment Tamango tente-t-il de réparer ce méfait ?

5 **a.** Quel plan Tamango prépare-t-il une fois qu'il est sur le bateau ? Ce plan réussit-il ?

b. Quelle est l'issue du combat entre les Noirs et les Blancs ?

6 **a.** Quel accident survient au cours de la traversée ?

b. Dans quelles circonstances le bateau est-il abandonné ?

c. Quels sont les deux personnages qui survivent ?

7 Quel est le dénouement pour Tamango ? Comment passe-t-il la dernière année de sa vie ?

Analyser le texte

Le narrateur*, le cadre*, le rythme narratif

8 **a.** À quelle personne le narrateur mène-t-il son récit ? Est-il extérieur à l'histoire ou a-t-il pris part aux événements ?

b. Relevez le passage dans lequel il intervient à la fin du récit. À quelle personne le fait-il ? Quel est l'effet produit sur le lecteur ?

c. À quel système temps le récit est-il écrit ? Citez des exemples.

9 À quel siècle l'action se déroule-t-elle ? Dans quelle partie du monde ? Dans quel lieu essentiellement ?

10 **a.** À quelle ligne l'action commence-t-elle ? Citez l'expression précise qui l'introduit.

b. Sur quelles scènes le narrateur s'attarde-t-il ? Quels moments de l'action résume-t-il au contraire (sommaire) ? Justifiez.

c. Que signifient les deux lignes de pointillés vers la fin de la nouvelle ?

Les personnages

Le capitaine Ledoux et Tamango

11 Comment Ledoux traite-t-il les Noirs ? Repérez les traits de cruauté du personnage.

12 **a.** Relevez la première expression qui caractérise Tamango.
b. Relisez la description du costume de Tamango (l. 82 à 95). En quoi est-il ridicule ?

13 **a.** Sur quels défauts de Tamango le narrateur insiste-t-il jusqu'au moment où il commence à organiser la révolte des Noirs, quand il élabore une stratégie pour s'emparer du bateau, et quand les Noirs deviennent maîtres du bateau ?
b. Quelles sont ses qualités dans l'organisation de la révolte ?
c. À trois reprises, lors de sa capture et du combat contre les Blancs, Tamango est comparé à un animal. Quelle image ces comparaisons donnent-elles du personnage ?

14 Comment Tamango termine-t-il sa vie ? Que peut-on déduire de son itinéraire dans l'ensemble de la nouvelle ?

Les autres personnages

15 Qui est Ayché ? Quel rôle ce personnage joue-t-il dans l'action ? Montrez qu'elle reste une compagne fidèle jusqu'à la mort.

16 Comment le matelot interprète se comporte-t-il au cours du marchandage et au moment de la capture de Tamango ? Pourquoi n'est-il pas épargné lors de la révolte ?

17 Quel est le rôle joué par le lieutenant au moment de la capture de Tamango ? et au moment de la révolte des esclaves ?

18 Quels sentiments les Noirs éprouvent-ils au moment de la capture de Tamango ? Montrez qu'ils s'éveillent à une prise de conscience au moment de la révolte. Comment réagissent-ils après ?

La traite des Noirs et le regard du narrateur

19 Quelles informations le narrateur apporte-t-il sur la traite des Noirs (vente et marchandage, bateau et transport, mutinerie) ?

20 **a.** Relisez les lignes 55 à 65 (quand le narrateur rend compte de l'inspection de *L'Espérance*). À quelle dénonciation procède-t-il ?

b. Relevez les termes par lesquels le narrateur qualifie Tamango, les Noirs ou leur comportement. Que pouvez-vous en déduire sur les sentiments du narrateur à leur égard ?

La variété des registres*

L'ironie*

21 **a.** Montrez que le nom du capitaine Ledoux et celui du bateau *L'Espérance* ont été choisis par ironie.
b. *ce qui montre bien la supériorité de la civilisation européenne* (l. 160) : en quoi cette expression relève-t-elle aussi de l'ironie ?

Le registre épique

22 **a.** Relisez les trois scènes de combat : la capture de Tamango (l. 246 à 267), la mutinerie (l. 489 à 541), la lutte du navire contre la mer (l. 571 à 584). Relevez les éléments qui insistent sur la force et la violence de ces affrontements.
b. Dans la dernière de ces scènes, relevez les termes qui font du navire un être vivant doué de conscience et le personnifient. Contre quoi lutte-t-il ?

Le registre pathétique

23 **a.** Montrez comment la mort frappe peu à peu tous les Noirs abandonnés à eux-mêmes.
b. Relevez le champ lexical* de la lutte et de la souffrance (l. 693 à 700).
c. En quoi la scène du dernier dialogue entre Tamango et Ayché (l. 706 à 714) est-elle émouvante ?
d. Montrez que cependant le narrateur ne veut pas dramatiser.

La visée*

24 **a.** Quelle image le narrateur donne-t-il des Blancs et des Noirs ? Quel est le sort réservé aux uns comme aux autres ? Montrez qu'il renvoie dos à dos le négrier blanc et le chef noir.
b. Montrez que le narrateur dénonce le sort réservé aux Noirs emmenés en esclavage, mais qu'il donne en même temps d'eux une image de personnages résignés, naïfs et soumis.
c. La nouvelle est-elle teintée de pessimisme ou d'optimisme ?

Pour aller plus loin

Se documenter

La traite des Noirs

■ La traite des Noirs s'est développée au XVIe siècle après la découverte de l'Amérique. On estime qu'il y a eu entre dix et vingt millions de personnes déportées d'Afrique. Le XVIIIe siècle fut la pire période d'expansion du commerce triangulaire : les navires négriers partaient d'Europe chargés de produits de faible valeur (cotonnades, armes à feu, alcool…) qu'ils échangeaient en Afrique contre des esclaves. Ceux-ci étaient vendus en Amérique pour fournir de la main-d'œuvre aux mines et aux plantations. Les navires repartaient en Europe avec des matières premières : bois, coton, sucre, café…

■ Dès cette époque, en France, les philosophes des Lumières protestent contre les horreurs de l'esclavage et le mouvement abolitionniste se développe en Angleterre. En 1815, le congrès de Vienne prononce la première condamnation internationale de l'esclavage, que l'Angleterre est chargée de faire respecter. Mais la traite se poursuit de façon clandestine et il faut attendre 1848 pour que la France vote l'abolition de l'esclavage dans ses colonies. En 1829, en France, le sujet est d'actualité et les Romantiques prennent position pour la fin de l'esclavage.

Les mutineries

Les mutineries des esclaves noirs contre leur équipage ainsi que les naufrages sont des réalités historiques. Pour les esclaves, se rendre maîtres d'un vaisseau au milieu de l'océan équivalait à un suicide, car ils ignoraient la technique de la navigation en haute mer et le maniement d'un navire européen. Un certain nombre de navires ont été ainsi retrouvés perdus en mer, démâtés et vides de tout équipage.

Écrire

25 Rédigez au style direct une des « harangues » de Tamango à ses compagnons les incitant à se révolter.

Lire et comparer

Bug-Jargal, Victor Hugo (1825)

À seize ans, en 1818, Victor Hugo écrit Bug-Jargal *en quinze jours. Puis en 1825, il remanie cette première version, mais on peut considérer qu'il s'agit de son premier roman.*

Il situe l'action en 1791 à Saint-Domingue, alors que les Noirs se révoltent contre leurs maîtres blancs. Le narrateur Léopold d'Auverney arrive sur la plantation de son oncle pour épouser sa cousine Marie. La nuit suivant le mariage, la révolte des Noirs éclate. Le narrateur, fait prisonnier par un de leurs chefs, est sauvé par Pierrot, un des nègres de la plantation, tombé amoureux de Marie. Il fait alors ce récit à d'Auverney.

La joie que les premiers transports de l'amitié avaient fait briller sur son visage s'évanouit ; ses traits prirent une expression de tristesse singulière et énergique.

– Écoute, me dit-il d'un ton froid ; mon père était roi au pays de Kakongo. Il rendait la justice à ses sujets devant sa porte ; et, à chaque jugement qu'il portait, il buvait, suivant l'usage des rois, une pleine coupe de vin de palmier. Nous vivions heureux et puissants. Des Européens vinrent ; ils me donnèrent ces connaissances futiles qui t'ont frappé. Leur chef était un capitaine espagnol ; il promit à mon père des pays plus vastes que les siens, et des femmes blanches ; mon père le suivit avec sa famille… – Frère, ils nous vendirent !

La poitrine du noir se gonfla, ses yeux étincelaient ; il brisa machinalement un jeune néflier qui se trouvait près de lui, puis il continua sans paraître s'adresser à moi.

– Le maître du pays Kakongo eut un maître, et son fils se courba en esclave sur les sillons de Santo-Domingo. On sépara le jeune lion de son vieux père pour les dompter plus aisément. On enleva la jeune épouse à son époux pour en tirer plus de profit en les unissant à d'autres. Les petits enfants cherchèrent la mère qui les avait nourris, le père qui les baignait dans les torrents ;

ils ne trouvèrent que des tyrans barbares, et couchèrent parmi les chiens !

Il se tut ; ses lèvres remuaient sans qu'il parlât, son regard était fixe et égaré. Il me saisit le bras brusquement.

– Frère, entends-tu ? j'ai été vendu à différents maîtres comme une pièce de bétail. Tu te souviens du supplice d'Ogé ; ce jour-là j'ai revu mon père. Écoute : – C'était sur la roue !

Je frémis. Il ajouta :

– Ma femme a été prostituée à des Blancs. Écoute, frère : elle est morte et m'a demandé vengeance. Te le dirai-je ? continua-t-il en hésitant et en baissant les yeux, j'ai été coupable, j'en ai aimé une autre. Mais passons !

Tous les miens me pressaient de les délivrer et de me venger. Rask m'apportait leurs messages.

Je ne pouvais les satisfaire, j'étais moi-même dans les prisons de ton oncle. Le jour où tu obtins ma grâce, je partis pour arracher mes enfants des mains d'un maître féroce ; j'arrivai. Frère, le dernier des petits-fils du roi de Kakongo venait d'expirer sous les coups d'un Blanc ! Les autres l'avaient précédé.

Il s'interrompit et me demanda froidement :

– Frère, qu'aurais-tu fait ?

Ce déplorable récit m'avait glacé d'horreur. Je répondis à sa question par un geste menaçant. Il me comprit et se mit à sourire avec amertume. Il poursuivit :

– Les esclaves se révoltèrent contre leur maître et le punirent du meurtre de mes enfants. Ils m'élurent leur chef. Tu sais les malheurs qu'entraîna cette rébellion. J'appris que ceux de ton oncle se préparaient à suivre le même exemple. J'arrivai dans l'Acul la nuit même de l'insurrection. Tu étais absent. Ton oncle venait d'être poignardé dans son lit. Les Noirs incendiaient déjà les plantations. Ne pouvant calmer leur fureur, parce qu'ils croyaient me venger en brûlant les propriétés de ton oncle, je dus sauver ce qui restait de ta famille. Je pénétrai dans le fort par l'issue que j'y avais pratiquée. Je confiai la nourrice de ta femme à un Noir fidèle. J'eus plus de peine à sauver ta Maria. Elle avait couru vers la partie embrasée du fort

pour en tirer le plus jeune de ses frères, seul échappé au massacre. Des Noirs l'entouraient ; ils allaient la tuer. Je me présentai et leur ordonnai de me laisser me venger moi-même. Ils se retirèrent. Je pris ta femme dans mes bras, je confiai l'enfant à Rask et je les déposai tous deux dans cette caverne, dont je connais seul l'existence et l'accès. Frère, voilà mon crime.

De plus en plus pénétré de remords et de reconnaissance, je voulus me jeter encore une fois aux pieds de Pierrot, il m'arrêta d'un air offensé.

Victor Hugo, *Bug-Jargal*, chapitre XLVI, 1825.

1 **a.** À l'origine, qui est Pierrot ?
b. Comment lui et sa famille sont-ils devenus esclaves ?
c. Quels préjudices les Blancs lui ont-ils causés ? Relevez les termes employés pour les désigner.
d. Par quel comportement Pierrot montre-t-il ses qualités humaines ?

2 Quel portrait peut-on faire du chef noir à travers cet extrait ? Quels traits de caractère sont-ils mis en évidence ? Comment se qualifie-t-il lui-même ?

3 Comparez ce personnage avec Tamango (caractéristiques physiques et morales, histoire personnelle, relations avec les Blancs).

Analyser une image

Le Radeau de la Méduse, Théodore Géricault (voir p. 37)

Le peintre, le sujet, la technique utilisée

4 **a.** Faites une recherche sur Théodore Géricault : à quel mouvement artistique le rattache-t-on ?
b. Quel est l'événement datant de 1816 représenté dans ce tableau ? À la suite de quelles circonstances cent cinquante hommes environ s'entassent-ils sur un radeau ? Quinze seulement sont sauvés.

5 Quelle est la technique utilisée par le peintre ? Quel support a-t-il choisi ? Quelles sont les dimensions du tableau ? Où peut-on le voir actuellement ?

La scène représentée, les éléments symboliques

6 Décrivez précisément le tableau.

a. Comment est représenté le radeau ? Comment peut-il se déplacer ? Quel abri les hommes ont-ils établi ?

b. Quel est l'état de la mer et du ciel ? De quel côté le vent souffle-t-il ?

c. Combien y a-t-il d'hommes vivants ? morts ? Dans quelle attitude sont-ils représentés ?

7 Quelle image de la mort et de la souffrance le peintre donne-t-il ? Appuyez-vous sur l'attitude des cadavres au premier plan et la posture de l'homme assis.

8 **a.** Au deuxième plan, les survivants ont aperçu un navire à l'horizon. Que font-ils ? Que fait en particulier le Noir qui domine cette pyramide humaine ?

b. Montrez que le peintre lui a donné un rôle symbolique et prend ainsi position dans la lutte contre l'esclavage.

9 En vous appuyant sur vos réponses précédentes, dites pourquoi ce tableau a fait scandale quand il a été exposé pour la première fois en 1819.

10 Quels rapprochements pouvez-vous faire entre le tableau de Géricault et la nouvelle de Mérimée ?

Auteur, narrateur

L'auteur est la personne réelle qui écrit le texte.
Le narrateur est celui qui a la charge de raconter l'histoire. Si le narrateur est un personnage de l'histoire, il mène le récit à la première personne. Il peut alors être le personnage principal ou un personnage témoin.
S'il n'est pas un personnage de l'histoire, il mène le récit à la troisième personne (narrateur extérieur).

Cadre

Un récit se déroule dans un espace précis que le narrateur décrit. L'évocation des lieux crée un effet de réel, une atmosphère, elle établit aussi un rapport entre le lieu et l'action, entre le lieu et les personnages.

Champ lexical

Un champ lexical est l'ensemble des mots ou expressions qui se rattachent à une même notion, un même domaine de vocabulaire.

Ironie

L'ironie est un procédé qui consiste à dire quelque chose en montrant qu'on pense le contraire.

Personnification

La personnification est une figure de style qui consiste à attribuer des caractéristiques humaines à un animal ou à une chose.

Registre

On appelle registre la tonalité d'un texte liée à des procédés d'écriture spécifiques, parfois à un genre (registre tragique, comique, épique, pathétique...).
Le registre **épique** est caractérisé par la dramatisation de faits, l'exagération, la personnification*. Il suscite l'admiration.
Le registre **pathétique** s'appuie sur l'expression de la douleur. Il suscite émotion et pitié.

Rythme de la narration

On appelle rythme de la narration le rapport entre la durée des événements racontés (comptée en heures, mois, années...) et le temps du récit (compté en lignes ou en pages).
Quand le temps de l'histoire correspond à peu près au temps du récit (la durée des événements dans le récit correspond à peu près au temps de la lecture), le rythme est lent et on parle de **scène**.
Pour accélérer le récit, le narrateur peut résumer des événements en quelques lignes (il s'agit d'un **sommaire**) ou les passer sous silence en faisant un saut dans le temps (**ellipse**).

Temps du récit

Le narrateur peut mener son récit au système temps présent (temps de référence : présent) ou au système temps passé (temps de référence : passé simple).

Visée

Le narrateur, quand il raconte une histoire, cherche toujours à produire un effet sur le lecteur : il peut raconter pour amuser, pour susciter une émotion, pour critiquer, dénoncer un défaut, donner un enseignement... C'est ce qu'on appelle la *visée*.

Table des illustrations

Iconographie : Hatier Illustration
Principe de maquette : Mecano-Laurent Batard/Graphisme
Mise en page : Graphisme

Achevé d'imprimer en France par la Nouvelle Imprimerie Laballery
Dépôt légal : 93289-2/06 – Octobre 2016 – N° d'impression : 609029